El misterio de la casa chueca
(y el bulto color mugre)

Ana Luisa Anza
Ilustraciones:
Antonio Rocha Escobar

Premio de literatura infantil y juvenil
CASTILLO DE LA LECTURA

El misterio de
la casa chueca

(y el bulto color mugre)

Ana Luisa Anza

Ilustraciones:
Antonio Rocha Escobar

CASTILLO

EDITORA RESPONSABLE: Ana Ramos
DIAGRAMACIÓN Y FORMACIÓN: Marcela Estrada Cantú
IMAGEN DE PORTADA E ILUSTRACIONES: Antonio Rocha Escobar
DISEÑO DE PORTADA: Marcela Estrada Cantú

PRIMERA EDICIÓN: 2000
TERCERA REIMPRESIÓN: mayo de 2006

El misterio de la casa chueca (y el bulto color mugre)

D.R. © 2000, Ediciones Castillo, S.A. de C.V.
   Av. Morelos 64, Col. Juárez,
   C.P. 06600, México, D.F.
   Tel.: (55) 5128-1350
   Fax: (55) 5535-0656

Ediciones Castillo forma parte del Grupo Editorial Macmillan

info@edicionescastillo.com
www.edicionescastillo.com
Lada sin costo: 01 800 536-1777

Miembro de la Cámara Nacional
de la Industria Editorial Mexicana
Registro núm. 3304

ISBN: 970-20-0200-1

Impreso en México/*Printed in Mexico*

A Pedro y a mis hijos, María, Pedro y Ana, que "sufrieron" la casa de las arañas y en ella aprendieron a querer a la colonia Roma y sus personajes.

I
Arañas y otros bichos

Nadie me lo ha dicho, pero yo sé que mi colonia es muy peligrosa. Antes me daba un poco de miedo salir, pero ahora, desde que pasó lo del misterio del bulto color mugre, siento que soy capaz de enfrentar cualquier cosa.

Pero empezaré por lo primero, desde el uno, aunque el profe de matemáticas insista en que se comienza desde el cero, su número favorito sólo porque lo inventaron los mayas, que también son sus antepasados favoritos.

Me llamo Pedro y tengo diez años recién cumplidos, aunque les diré que no hubo fiesta de cumpleaños porque mi mamá dice que ya no está para esos trotes (aclaro que yo todavía no entiendo qué tiene que ver el paso del caballo con una simple fiesta).

Hace un año nos cambiamos a este barrio. Yo no quería porque la casa está llena de arañas patonas. Por más que las fumigues, las barras, las invites a salir o de plano, las aplastes, siguen llegando. Hay arañas en todas las esquinas. Y muchos ratones. Y también hormigas de las pequeñitas. Me enteré de que en el norte del país les dicen asqueles. Pues como se llamen, antes me caían bien, pero desde que tengo que compartir mis dulces con ellas, ya no estoy tan seguro de que sean muy simpáticas, por más que mis papás insistan en que son inofensivas y que deberíamos imitar su sentido de comunidad.

Yo era muy feliz en mi otra casa, un departamento cerca de un parque. Ya sé que el parque era un poco sucio porque la gente saca a sus perros dizque a pasear, aunque en realidad los lleva a que ensucien; al cabo ahí se supone que no tienen que limpiar. Allá tenía muchos vecinos. Me llevaba bien con los del primer piso y con los del octavo. Como yo vivía en el tercero, era como el jamón de la torta: en medio de los dos. Pero desde que nos cambiamos casi no los he vuelto a ver. Se

supone que las amistades son para siempre, pero la verdad no ayuda el estar lejos.

Tampoco mis dos hermanas se querían cambiar de casa. Odian a las arañas más que yo, aunque ahora están contentas porque podemos tener un perro y dos gatos (mi mamá los odia, pero los prefiere a los ratones).

El caso es que nos cambiamos de casa porque a mis papás les convenía y como los adultos siempre nos convencen, mudamos juguetes y tesoros, y aquí estamos.

Desde que llegamos al barrio, yo me di cuenta de que era peligroso. Les voy a contar por qué. No solamente porque casi todas las noches se va la luz (dicen que es el transformador de la esquina, pero todos sabemos que hay unos duendes que se pasan de listos), también porque yo he visto sombras de vampiros trepar por el muro que están construyendo unos albañiles al otro lado de la calle, frente a mi ventana. Dice mi mamá que tengo demasiada imaginación y que las sombras son las de los afiladores, panaderos y camoteros que andan de noche por el barrio. Qué raro que se les vean las uñas tan largas.

Eso es lo de menos. Hay personajes (como les llama mi mamá, que se siente escritora) que son de carne y hueso, a los que todo mundo ha visto. Pero los adultos como que no se toman nada demasiado en serio.

Hay gente muy rara. Por ejemplo, hay una señora que siempre trae amarrado un turbante morado en la cabeza y que se la pasa sonriendo como si se acabara de sacar la lotería. Cuando te cruzas con ella en la calle te hace algún comentario que no viene al caso, como "los zapatos azules son los más bonitos" o "acabo de ver una tira de banderitas de colores".

O una serie de señores barbones que están todos los días sentados en un café, siempre en la misma mesa, platicando cosas de política, pero a puros gritos y casi siempre tienen sus tazas vacías. Generalmente se acaban peleando entre ellos. Yo digo que son raros porque parece que no tienen que trabajar y nunca tienen prisa, ni familia ni otra cosa que hacer.

También he visto a un señor que siempre anda muy elegante vestido de traje y corbata y que se la pasa gritando: "¡compre su periódico!", pero nunca trae nada en la mano.

Además hay otros mucho más extraños, y de ellos es de quienes quiero hablar.

II
El Hombre Negro

"¡Alto, alto, en nombre de la ley!"

Ése es el grito que se oye todos los días en la avenida. La primera vez que lo oí, me emocioné, porque creí que me tocaría vivir un capítulo de las series de televisión que me gustan; las de policías y, especialmente, las de detectives. Pero no. Así grita todos los días un señor que atraviesa la calle sin importarle que el semáforo esté en verde y que lo puedan atropellar. Se llama el Hombre Negro. Bueno, no se llama de esa forma, pero yo así le puse porque siempre está vestido de negro (con la misma ropa todos los días), es muy moreno y tiene pelos por todos lados.

Mi mamá piensa que es un teporocho, como se le llama a los señores que viven en la calle y que casi siempre andan arrastrando una bolsita medio apestosa, con una botella en la mano. Huelen mucho a alcohol.

El Hombre Negro vive por aquí. Yo no sabía dónde, o más bien, no me imaginaba en cuál banca dormía, pero todos los días, a la misma hora, lo miraba atravesar la avenida al grito de "alto, en nombre de la ley".

Yo no sé cómo no lo han atropellado, aunque a lo mejor sí le ha tocado algún golpecillo porque como que cojea un poco de una pierna.

Antes, cada vez que lo veía, me cambiaba de banqueta. "No me gusta su mirada, como de cuchillos afilados", dice mi hermana María, que todo el día se la pasa leyendo. A lo mejor es porque está un poco bizco, pero de todos modos no me gustaba nada (eso quiere decir que me daba miedo, porque no es cosa de gustos).

Un día me lo encontré en el parque. En realidad no es un parque parque, como el que antes teníamos cerca, sino una especie de cuadrado grande donde hay una fuente con una escultura de un hombre encuerado. Yo creo que el tipo está bastante gordito y chaparro, pero dice mi mamá que el original es perfecto, está en Italia y se llama el David y lo hizo un escultor muy famoso (ni crean que no me acuerdo, se llamaba Miguel Ángel). El hombre, el tal David, está colocado como si viera hacia un edificio muy antiguo que se llama la Casa de las Brujas. No es invento. Así se llama o al menos, así le dicen todos. Es un edificio, no una casa, de ladrillos rojos con una especie de picos hasta arriba. Yo así me imagino siempre que debe ser el castillo del conde Drácula. Pero éste no es de vampiros, sino de brujas. O sea, combina a la perfección con mi nuevo barrio. «Brujas, lo único que me faltaba», pensé la primera vez que lo vi.

El caso es que una tarde, cuando ya estaba medio oscuro, fui a pasear a Bartolo, mi perro, y ahí estaba el Hombre Negro, como desparramado en una de las bancas, como si fuera de mantequilla y estuviera untado en un pan. Yo no lo había visto hasta que oí que alguien me hablaba.

—Niño, ¿tendrás una moneda? —su voz era como si viniera de ultratumba. No sé cómo describirla, pero sonaba oscura, como las de los malos de las películas, que no sé por qué, pero siempre hablan como si algo les raspara en la garganta.

Yo me puse muy nervioso y me hice el disimulado, como si no lo hubiera oído. Pero lo miré de reojo y me di cuenta de que estaba sonriendo. Bueno, es lo que supongo que sería una sonrisa porque se le torcía la boca retefeo. Entonces decidí que mejor no me compraba la paleta helada que había planeado disfrutar, sobre todo porque el Hombre Negro se podía dar cuenta de que yo sí traía dinero. Y a lo mejor le daba coraje contra mí.

Justo cuando ya me iba, fingiendo ser el niño más feliz del mundo y hasta silbando una cancioncita que estaba de moda, vi que el Hombre Negro se había parado y caminaba hacia una casa que ya no es casa. O sea, que es una casa medio derrumbada, llena de grietas y sin ventanas.

Dicen que desde el terremoto la casa quedó chueca y abandonada. Todo mundo dice "el terremoto" como si fuera el único temblor que hubiera habido en el mundo, y como si todos tuviéramos la obligación de acordarnos de las fechas, independientemente de que hayamos nacido muchos años después.

A mí no me gustaba pasar por enfrente porque se me hacía que a lo mejor ahí vivían (si es que se puede decir vivir) todos los espíritus de la gente que se murió en el barrio, porque la verdad, debe haber sido una casa elegante. Digo, yo creo que los muertos también deben saber escoger, tienen su derecho, pero yo también tengo el derecho de no pasar por enfrente.

El caso es que el Hombre Negro se fue directito a la casa chueca y se metió por una de las grietas; nomás para que calculen el tamaño de las grietas. Quién sabe qué me entró, o más bien, qué le entró a Bartolo, que me arrastró hasta allá y al ratito ya estaba yo viendo por un agujerito que hay en la que fue la reja, o el portón, como diría mi mamá, que tiene una fijación por las casas antiguas y se la pasa haciendo citas para poder entrar a todas las que tienen un letrero de "se vende". Dice que le gusta imaginarse cómo vivían las familias que las habitaron en otras épocas. Yo me inclino más por lo moderno, pero es cuestión de gustos.

El caso es que me asomé y pude ver al Hombre Negro. Ahí estaba, parado junto a una especie de bulto. Primero no me fijé bien qué era, pero luego me pareció que era un cuerpo cubierto por una gabardina de color indefinido. Dice mi papá que no hay colores indefinidos sino combinaciones de colores, pero éste sí era indefinido porque no era ni blanco ni *beige* sino como color mugre. Era como un cuerpo de alguien gordo o corpulento, como se dice. Tenía el cabello blanco como peinado de chonguito deshilachado y se le veían los dos pies empantuflados. Una pierna estaba gorda, como hinchada y roja. Parecía un globo medio desinflado.

Pero el cuerpo no se movía. No sé por qué pero yo pensé luego luego que algo no andaba bien. Justo cuando iba a asustarme por eso, el Hombre Negro volteó la cara y otra vez dizque se sonrió. Su mirada bizca me veía directamente. O sea, miraba a mi ojo, el que yo estaba usando para espiar.

Me costó trabajo moverme. Dicen que el miedo acalambra, pero yo más bien creo que el miedo te convierte en estatua de marfil, como las del juego. El que me salvó fue Bartolo, que se entusiasmó con otro perro (a lo mejor era una perra coqueta) que pasaba por ahí, y se fue a perseguirlo y yo atrás de él, tratando de no perder la correa. Parecía más bien como si un perro hubiera sacado a pasear a su niño.

Yo no me atreví a decirle nada a nadie. En parte porque no me iban a creer; me

iban a decir que veo demasiada televisión (lo cual, confieso, a veces es cierto) y en parte, porque decidí que yo tendría que investigar solo el misterioso caso del bulto en la casa chueca.

III
La Bruja

Antes que otra cosa, tengo que contarles de Chi-son. Aunque ese nombre suena a palabras dichas por un bebé, Chi-son ha sido mi mejor amigo desde que llegué al barrio. Claro, al principio no lo conocía, pero luego nos hicimos amigos gracias a una bruja. Porque claro que también hay brujas en el barrio, aunque los adultos insistan en que esa señora era actriz en sus buenos tiempos (que deben haber sido hace más de dos siglos) y que por eso es un poquito estrafalaria.

Resulta que un día, más bien una nochecita, mi papá decidió que deberíamos ir a tomarnos un café con leche y a comer unos bísquets a la esquina. Eso es típico de por aquí. Por toda la avenida hay cafés que se creen muy originales y su especialidad es… el café con leche. En una misma cuadra hay, por ejemplo, cuatro.

Dicen que antes eran lo que se llamaba "cafés de chinos", porque fueron negocios que pusieron los chinos cuando llegaron a México hace muchos años, creo que en la Revolución.

A mí me da risa que en las películas y en las series de televisión siempre pongan a los chinos como dueños de lavanderías, cuando la verdad es que en la ciudad hay miles de cafés que siguen atendiendo chinos auténticos, que hablan chino, tienen los ojos rasgados como chinos y además siguen festejando los años según su calendario. Yo sé que soy del año del dragón, porque lo vi en un calendario donde ponen los años como nosotros los contamos y luego dicen a cuál corresponde según los chinos. La verdad, qué bueno que no me tocó ser del año del perro o de la gallina, porque el del dragón me da como más personalidad, aunque en realidad no sé si tenga algo que ver.

El caso es que fuimos al café de la esquina pero, para variar, había mucha cola (en esta ciudad siempre hay que hacer filas para todo, pero en esos cafés es a toda hora y en cualquier día, quesque porque son baratos y muy sabrosos). Y como mi papá odia las filas, caminamos unas cuadras para llegar a un restaurancito que está medio escondido y es poco conocido, aunque lleva años en el mismo lugar, yo creo que con la misma decoración, con las mismas mesas, los mismos manteles y, sobre todo, con la misma alfombra desde que lo inauguraron (a mí me daría asquito andar descalzo). Se llama *La estrella de Oriente* (¡qué original!) y también es de chinos, aunque no hacen bísquets, lo cual es una verdadera desgracia porque son mis favoritos.

Como ahí no había que esperar mesa, mi papá hasta se animó a pedir un *chop suey* combinado. A mí casi me da el ataque porque ese platillo lo hace a veces mi mamá en casa y la verdad como que no me interesa mucho su aspecto de gusanos (aunque ya sé que en realidad es soya germinada) revueltos con verduras cocidas y pedacitos dizque de carne de todos los tipos. Ya iba a protestar, pero mejor me callé porque ya intenté por todas las formas que mis papás entiendan que yo prefiero mil veces las hamburguesas y las pizzas que los platillos exóticos que a ellos les encanta ir a probar y que nos obligan a comer dizque para abrir el paladar a todo tipo de gustos.

Yo creo que cada quien tiene derecho a decidir, pero mejor ese argumento ni lo uso porque luego empiezan con el discurso de que hay mucha gente que no tiene nada que comer y que nosotros (o sea, yo y mis hermanas) tendríamos que estar agradecidos. Como sé que en esto sí tienen razón y luego me empiezo a sentir mal por desperdiciar la comida, mejor me callo y me como todo, tratando de imaginarme que los hilitos de soya son papitas a la francesa.

Pues en eso estaba cuando apareció la Bruja en la puerta. Es una señora enjoyada, con peinado como esos de señoras que van todos los días al salón de belleza, porque lograr esa altura de copete no es natural. Tiene como mil años, uno por cada arruga en su cara, una cara toda pintarrajeada, con cejas de mentiras (yo creo que de tan vieja se le cayeron los pelos y entonces tiene que pintárselas con crayones) y una boca enorme y muy roja. Iba con una como túnica negra con una cadena dorada y unos zapatos de tacón altísimo.

No es mi imaginación: todo mundo la volteó a ver. Y ella no vio a nadie, sino que avanzó entre las mesas y se fue a sentar justo frente a mí. Pidió un té de jazmín, pero lo pidió en chino (de ahí aprendí mi primera palabra en ese idioma: *molai-cha*) y el mesero, que sí era chino de verdad, como que se quedó muy sorprendido.

Me comí todo el *chop suey* sin darme cuenta, porque estaba demasiado ocupado espiando a la Bruja desde detrás del tenedor. Daba pequeños sorbos a su tacita del té y miraba fijamente la pared, como si quisiera atravesarla. Yo pensé que con la fuerza de la vista iba a hacer pedacitos el cuadro que estaba en el muro tras de mí, con lo cual le habría hecho un gran favor al restaurante porque la pintura esa está verdaderamente horrorosa y sucia. Y cuando decidí que ésa era en verdad una bruja, justo en el momento en que lo pensé por primera vez, ella volteó a verme. Ahora sí se me acalambró hasta el cabello y, como tenía miedo de que me atravesara también con los ojos, me paré dizque al baño.

Ella me siguió con la vista y cuando casi estaba seguro de que estaría haciendo un hechizo de los de "engarróteseme ahí", cerré la puerta del baño.

Yo una vez vi una película donde el malo convertía a todos en zombis que tenían que hacer su voluntad; a algunos los hacía de piedra, mientras a otros los obligaba a pertenecer a su banda para apoderarse de la Tierra. En la película, claro, había un bueno que era un enmascarado (ya no me acuerdo cuál de los luchadores famosos) que vencía al malo, pero como en el restaurante nadie parecía tener cara de héroe, mejor me quedé un buen rato dentro del baño, al cabo podía inventar que la comida me había hecho daño o, mejor, podía decir que había descubierto que soy alérgico a la soya germinada.

Antes de decidirme a salir, abrí la puerta sólo un poco y me asomé por la rendija. La Bruja seguía ahí, pero lo que más me sorprendió fue que justo junto a la puerta, sentado en cuclillas (en culequillas, como dice mi abuelita), estaba un niño también espiando a la Bruja. Como la puerta hizo ruido al abrir, el niño volteó a verme. Era un niño chino, pero chino de verdad, con los ojos rasgados y los cabellos tan lisos que parecían alambres que querían escapar de su cabeza en todas direcciones.

—*Shhhh* —dijo y me hizo una señal para que me agachara junto a él. Yo, como menso, me agaché. Y digo como menso porque uno no anda obedeciendo a todos, mucho menos a alguien desconocido. Los dos nos quedamos viendo a la bruja.

—*Nai-jou*, soy Chi-son —me dijo el niño, pero sin voltear a verme. Al principio pensé que era un trabalenguas, pero luego me lo repitió y ya entendí que se estaba presentando, aunque no me quedó claro cuál era el nombre. Luego ya supe que *nai-jou* es hola, aunque no sé si así se escriba, pero al menos así suena. Así que se llama Chi-son.

—Pedro —contesté, señalándome a mí mismo. Me sentí como en las películas donde Tarzán dice su nombre mientras se golpea el pecho, porque no sabe hablar nada más. Y no es que yo no tuviera fórmulas más adecuadas para presentarme, pero no sabía si el niño chino hablaba español.

—Bruja —dijo Chi-son. Y a mí se me heló la sangre. Bueno, ésa es una expresión, porque ni modo que la sangre se congele de veras. Yo ya estudié en la escuela lo de la circulación y si en serio se parara la sangre, pues adiós corazón y adiós vida... Mi órgano favorito del cuerpo es el corazón, más que el cerebro porque desde que tuve que probar los tacos de sesos en un mercado con mi papá, como que nomás de pensar en cerebros se me viene ese recuerdo que no es muy agradable... Eso de andar masticando las neuronas del prójimo, aunque el prójimo sea un animal, se me hizo como antiecológico.

El caso es que como Chi-son dijo una palabra mágica, justo la misma que yo estaba pensando, me sentí cercano a él, aunque ni lo conocía (traté de que se me quitaran esas ideas de que los chinos siempre son misteriosos y andan enredados en mafias).

En ese momento la Bruja se paró y se acercó al baño. Nos quedamos paralizados y más cuando ni siquiera intentó abrir la puerta. Sólo nos miró desde arriba (bueno, porque nosotros estábamos acuclillados, no porque ella estuviera tan alta) y nos hizo adiós con la mano.

—*Ju-kin*... adiós —dijo en los dos idiomas, y se fue. Ya sólo le faltó agregar "ñaca ñaca" como hacen las brujas de los *comics*, pero no estábamos para bromas.

Chi-son desapareció en la cocina y yo me fui a seguirlo. Estaba muy asustado y no quería hablar conmigo, así que hacía como que llevaba platos sucios de un lado al otro, pero yo me di cuenta de que los acomodaba y desacomodaba sin saber qué estaba haciendo. Por más que yo le preguntaba cosas, él se hacía como si no me entendiera, y de vez en cuando contestaba en chino a los cocineros que debían estar comentando algo muy chistoso porque se reían como para adentro.

—Voy a vencer a la Bruja —le dije a manera de despedida, en parte porque así le hacen en las películas cuando el héroe está a punto de partir a una misión peligrosa, y en parte porque quería dejarle bien claro quién era el valiente.

Chi-son se puso amarillo pálido.

—No, no... *pei-ma* —gritó. Todos se le quedaron viendo; hasta dejó de sonar el ruido normal de la cocina. Y entonces se acercó y me dijo, con un español que daba pena, que no podía ir contra la Bruja.

—*Pei-ma* —insistía, como si yo entendiera de qué estaba hablando. Así que lo tomé del brazo y lo arrastré hasta donde estaba el cajero, un chino muy serio que, luego supe, es su tío. A duras penas me hice entender y por fin, me explicó que *pei-ma* es algo así como misterio, como secreto.

—¿Tú sabes el misterio? —le pregunté a Chi-son. Esta vez mi amigo (yo ya lo

consideraba mi amigo, especialmente si estaba de acuerdo en que esa mujer era una bruja) se puso rojo.

—Casa chueca —murmuró.

Y entonces supe que ya éramos dos en el equipo de investigación sobre el misterio de la casa chueca. Éramos una especie de cómplices, pero de los buenos.

IV
Don Pacho

Dos días después (y no al día siguiente, como yo hubiera querido, porque tuve entrenamiento de futbol en la escuela), fui a buscar a Chi-son. Como era tardecito, no había mucha gente en el restaurante y lo encontré haciendo la tarea en la mesa de la cocina.

Chi-son no iba a la escuela normal porque acababa de llegar de Cantón, una región de China, hacía apenas unos meses, por lo que tenía que aprender a defenderse en español.

Su tío, Juang (así, con g al final), le estaba ayudando a entender nuestro alfabeto porque los chinos no tienen letras como las nuestras; ellos hacen unos garabatos muy complicados y leen distinto (o sea, de arriba para abajo. A lo mejor por eso les dicen "enigmáticos". Lo que pasa es que se hacen la vida bien difícil, pero, como dice mi papá: "Cada quien su cultura".

El tío Juang ya tenía varios años en México (¿cuántos?, no sé, porque sigue midiendo el tiempo según su calendario, así que con base en eso, estaba en México desde algún año del conejo) y había mandado traer a Chi-son para enseñarle cómo ser un ayudante de cocina.

Dice que luego se traerá a toda la familia de Chi-son y que eso se acostumbra mucho en su país. A lo mejor es como nosotros, que muchos mexicanos se van a Estados Unidos y luego, poco a poco y cuando les va bien, se empiezan a llevar a toda la familia.

El caso es que al tío Juang le pareció muy bien que su sobrino tuviera un amigo mexicano y lo dejó salir, aunque Chi-son no tenía muchas ganas de acompañarme, por más que le dije que sólo iríamos al parque a ver la fuente y comprar un helado. Bien que sabía que yo sabía que en ese parque estaba la casa chueca, pero no dijo absolutamente nada (a lo mejor porque no podía, por los problemas con el idioma) y me siguió.

Y digo me siguió porque eso fue lo que hizo, lo que a mí me desespera porque yo sentía que traía un guardaespaldas en lugar de un amigo. Y es que a mí siempre se me ha hecho bastante horrible la costumbre de algunos influyentes (como les dice mi mamá) de traer a uno o dos hombres pegados como sombra que no los han de dejar solos ni para ir al baño. Yo una vez me acerqué a uno de esos señores guardaespaldas y le pregunté que qué se sentía ser guarura (porque ésa es como la abreviación del nombre de su trabajo). Me acuerdo que mi mamá se puso bien roja y me dijo que esas cosas no se preguntaban. Yo eso no lo entiendo porque preguntar no tiene nada de malo, si el suyo es un trabajo como cualquier otro, ni que fueran narcotraficantes o algo así de malo.

Pues estábamos ahí en el parque pero, como yo sentía que en cualquier momento Chi-son se iba a echar a correr de regreso al restaurante, cuando llegamos al parque me fui directo al puesto de paletas heladas, justo al lado contrario de la casa chueca. Así, como si me importara un comino pasar por la casa chueca. Yo no sé por qué dicen eso de "me importa un comino"; a mí me gusta más decir "me importa un pepino", pero supongo que un comino es mucho más insignificante. Chi-son no es para nada discreto. No despegaba la vista de la casa chueca, como si tuviera un imán en los ojos.

Y entonces ocurrió. De la reja de la casa chueca salió la Bruja con don Pacho, un viejecito muy saludador a quien todo mundo conoce por aquí. De él no les había platicado, pero ése es otro de los personajes misteriosos del barrio.

Nosotros lo conocimos desde antes de cambiarnos a la casa nueva (que de nueva no tiene más que a nosotros, porque dicen que es de principios del siglo pasado; yo digo que se nota, aunque mi mamá me fulmine con la mirada). Don Pacho luego luego nos hizo plática y venía todos los días a ayudar, según él, pero sólo nos quitaba el tiempo. Lo que en realidad quería era que le compráramos unos quesos que anda vendiendo de casa en casa y que le manda un sobrino desde quién sabe qué pueblo en el norte de México. Son quesos Oaxaca… así que eso es muy sospechoso porque ¿en qué parte del norte van a ponerse a hacer quesos Oaxaca, si todo mundo sabe, hasta mi hermana Ana, la más chiquita, que Oaxaca no está en el norte sino en el sur?

A mí desde el principio me dio mala espina (otra expresión que quién sabe de dónde sacaron los adultos, pero que todos repetimos como babosos) porque cuando mis papás se metían en la casa, él se la pasaba contándonos historias de aparecidos, ladrones y muertos: que a doña Herlinda (la de la miscelánea de la otra cuadra) se le había metido un ladrón por la ventana y que él, don Pacho, la había salvado usando como arma una escoba; que en el lote baldío de enfrente había existido un taller de coches muy famoso, pero que un día la policía descubrió que no desarmaban coches sino otras cosas (esto lo decía para que nosotros nos imagináramos lo peor); que a su sobrino, que había trabajado de mozo en la que ahora es nuestra casa, se le aparecía todas las noches el espíritu de una mujer que se reía como loca y bailaba el *Jarabe tapatío* sobre su cama... y así, miles de historias que luego iba cambiando nomás por el gusto de asustarnos. Y sí lo lograba, aunque nosotros nos hacíamos los muy valientes, pero en cuanto cerrábamos la puerta, empezábamos a revisar cuidadosamente los clósets y los cuartos, no fuera a ser que hubiera algo raro por ahí.

Yo empecé a sospechar de él y de sus quesos cuando un día lo vi dándole un pedacito de su mercancía a uno de los gatos que son como protegidos de la vecina de enfrente, una viejecita que vive sola en una casa enorme y que todos los días, muy puntualmente, sale a las doce para darle de comer a las palomas (yo digo que también a las ratas), y en cuanto se mete el sol sale con un guisado para los gatos de la cuadra. Por eso digo que son sus protegidos.

Pues don Pacho le dio un día un pedacito de queso al gato pardo, el más gordo de todos y el macho de la manada (¿o cómo se llaman los grupos de gatos?, ¿manadas?). A mí me pareció una tontería porque todo mundo sabe que los gatos no comen queso, pero el animal se lo tragó todito.

Al día siguiente, el gato amaneció muerto frente a la casa de la viejecita. Dicen que lo atropellaron, pero yo sé que no es cierto porque: 1) a los gatos no los atropellan encima de la banqueta, 2) era el gato con más experiencia callejera, 3) no tenía huellas de llanta, aunque no sé si los coches dejan marcado el dibujito de las llantas y 4) tenía la facha del típico envenenado. Esto último yo me lo sospeché por lo del queso del día anterior y porque don Pacho se sonrió como torcido (como diciendo por dentro "¡sí funciona!") cuando le ayudó a la vecina a poner al gato en una caja.

Yo luego luego le dije a mi mamá de mis sospechas pero, para variar, se me quedó viendo con cara de "tienes demasiada imaginación" y me tiró a lucas (esta expresión también me encanta, aunque no todo mundo sabe que quiere decir que "me vio como si fuera un loco").

Por si sí o por si no, yo desde entonces me encargué de desaparecer el queso que le compraban a don Pacho. Cuando mi mamá preguntaba que dónde había quedado el queso, mis hermanas y yo decíamos que estaba tan rico que nos lo habíamos acabado, porque en eso ellas eran mis cómplices, pues también sospechaban del vendequesos envenenados. A mi mamá le daba mucho gusto porque ella siempre ha creído que es mejor que nos atasquemos de queso que de comida chatarra, aunque ella no lo alcanzara a probar. Pero la verdad es que tratábamos de protegerla a ella y a mi papá. A lo mejor don Pacho quería probar diferentes dosis de veneno para ver si funcionaban. El caso es que ése es don Pacho.

Y justo él salía de la casa chueca con la Bruja... ¡y del brazo, platicando como si fueran grandes cuates!

Como todos sabemos que uno más uno son dos, Chi-son (que, por el asombro, abría los ojos lo más posible... que en su caso no es mucho porque parecen rendijas) y yo rápidamente llegamos a la misma conclusión: un envenenador y una bruja juntos, no podían más que estar tramando algo muy malo. Así que dejamos el miedo junto con la paleta helada (en un basurero del parque) y nos fuimos a seguirlos.

Antes le echamos una ojeadita a la casa chueca. En el patio no había nadie, pero se alcanzaba a ver, a través de la ventana más sucia del mundo, un bulto color mugre.

Así que seguía ahí.

V
La Mancha Roja

Igualito que en las películas. Sólo nos faltaba el impermeable y la gorra de detective. Ahí íbamos Chi-son y yo, pegándonos a las paredes, escondiéndonos tras puestos de periódicos o en las decenas de florerías que hay en esa cuadra, tratando de no perderlos de vista. No es que fuera muy difícil porque la Bruja camina bien despacio; parece que se le van a quebrar los popotes que tiene en vez de piernas, así que a veces hasta teníamos que aflojar el paso para no alcanzarlos.

Y de repente, que a Chi-son le dieron ganas de ir al baño. Que ya no aguantaba, me dio a entender. No me lo dijo porque ni siquiera sabía la palabra pipí en español. Yo no sé por qué la realidad no es como en las películas, en donde los héroes jamás tienen que ir al baño ni aunque lleven horas atados a una silla en un sótano o cuando se pasan días y noches enteras persiguiendo criminales por las azoteas. Sería muy divertido que cuando estén a punto de atrapar a un malvado durante una emboscada, el mero mero salga con que tiene que retirarse un momento para hacer pipí y se le frustre la acción.

A lo mejor lo que pasa es que mi mamá tiene razón al decir que los personajes de las películas son sólo eso: personajes, y no personas de la vida real y que, por eso, no hay que creerle a todo lo que sale en la televisión. Yo a veces no les creo a los comerciales y hasta he hecho pruebas. Una vez embarré mi camiseta blanca de salsa catsup, mostaza, lodo y grasa de coche, y el detergente no sirvió para nada: la camiseta blanca no salió "albeante de limpia" sino con manchas que ya no se quitaron nunca, y tuve que invertir seis domingos para comprar una nueva porque mi mamá se puso furiosa y hasta lloró porque no sabemos valorar nuestras cosas ni cuidarlas. En otra ocasión hice la prueba del papel de baño, para comprobar cuál era el más resistente, y esa vez el problema fue que tapé el excusado y tuvieron que llamar al plomero y mi mamá se soltó llorando por los pasillos. Es que a veces es medio dramática y llora en lugar de enojarse. O a lo mejor cuando se enoja, llora.

El caso es que Chi-son quería ir al baño y claro, no había uno en kilómetros a la redonda, porque no es que tú puedas pedir el baño prestado en cualquier lugar. La mayoría de los negocios por aquí tiene un letrero que dice: "Evítenos la pena de negarle los sanitarios". Eso quiere decir que no prestan el baño, los muy envidiosos, como si no pudieran entender que "ya" es "ya" y que el cuerpo no tiene horarios, como dice mi tía Zelma cuando anda enferma de la panza.

Por suerte, en ese momento la Bruja y don Pacho se detuvieron frente a la puerta de un edificio que, seguro, no tarda en derrumbarse. Y digo por suerte, porque justo en la esquina había una jardinera y Chi-son se fue a regar las plantitas o, como decía mi abuelo, "fue a darle de beber a las florecitas". A mí me pone siempre muy nervioso que la gente haga pipí en la calle, aunque lo comprenda, porque a veces no hay remedio, sobre todo en esta ciudad en donde nadie presta el baño por desconfianza, por tacañería o porque nunca se han visto en la urgencia. Pero tengo que reconocer que en eso los hombres tenemos más suerte que las mujeres porque podemos "hacer de las aguas" (esta expresión la oí una vez en un rancho) mientras estamos parados y sin que nadie se dé cuenta.

Pues mientras Chi-son terminaba con sus necesidades, yo me fijé bien en cuál timbre tocaban, porque en la puerta del edificio había como veinte. Seguro que casi ninguno funcionaba porque también había una maraña de cables que salían por todos lados. Tocaron el segundo de la fila izquierda. Y un minuto después, se asomó por la ventana del piso de hasta abajo una cara redonda redonda y gritó el consabido "¿quién?". Yo no sé para qué tenía que preguntar si casi tenía a don Pacho y a la Bruja enfrente de ella.

Era una señora bastante gorda, con manchas rojas en la cara y un aparatito le colgaba de la oreja derecha. Yo ya he visto esos aparatos antes: son para que la gente pueda oír mejor. Pero también sé que de esos aparatos traen los agentes de espionaje y de otras organizaciones gringas, como para recibir instrucciones. Ya nada

podía engañarme. Si se había atrevido a abrirles la puerta al envenenador y a su acompañante, seguro que la Mancha Roja (como le pusimos Chi-son y yo) pertenecía a una banda criminal bastante bien armada, porque supongo que contar con un aparato de esos significa que tienen bastante tecnología.

Ni modo que Chi-son y yo entráramos al edificio, ni que fuéramos invisibles. La suerte fue que la ventana estaba bastante baja y tenía corridas las cortinas, porque cuando nos asomamos al departamento de la Mancha Roja, ahí estaban los tres, riéndose muy a gusto, aunque no pudimos oír nada de lo que decían por más que nos esforzamos.

De repente pusieron cara de preocupados. La Mancha Roja sacó una olla, le puso agua y la dejó en el fuego. La Bruja sacó luego un sobrecito de papel de su bolsa (una bolsa horrible, negra y llena de flecos) y dejó caer un polvito. ¡Una pócima! O era una pócima de poderes mágicos (típico de las brujas) o era la manera de preparar el veneno para los quesos de don Pacho. Seguramente la Mancha Roja era la jefa de la banda criminal o recibía órdenes de una autoridad superior, porque a cada ratito se ponía la mano en la oreja derecha (como haciéndole casita) para recibir más instrucciones y luego seguía hablando. Me recordó a algunos actores y actrices, que salen sobre todo en las telenovelas, que usan también un aparatito para que alguien les vaya soplando lo que se les olvida. Algunos son muy buenos, pero a otros se les nota que les están soplando, y de repente se quedan como alelados y luego siguen hablando como si nadie se diera cuenta. Pues la Mancha Roja, igual.

Lo malo fue que en ese momento se pusieron de espaldas a nosotros. Sólo pudimos ver que estaban inclinados sobre un papel que tenía como una lista. La Bruja sacó una pluma dorada (de lo más cursi, para mi gusto) y tachó uno de los renglones. *Ajá...* Chi-son y yo estuvimos de acuerdo: iban tachando a los que ya habían eliminado. Seguramente eran nombres de personas y acababan de tachar el del bulto color mugre que estaba en la casa chueca.

Y en esas deducciones andábamos cuando vimos una sombra proyectarse sobre la pared de la ventana. Chi-son y yo volteamos al mismo tiempo.

—¿Tienen una moneda? —nos dijo el Hombre Negro, mientras nos veía con su mirada de cuchillos.

Y, sin esperar respuesta (de todos modos se hubiera quedado esperando mil horas, porque Chi-son y yo nos quedamos no sólo mudos sino inmóviles), hizo sonar un timbre del edificio: el segundo en la fila de la izquierda.

VI
Los espías

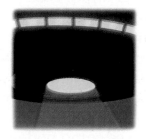

El Hombre Negro no entró en la casa, de eso estamos completamente seguros. Pero la Mancha Roja salió a recibirlo, le dijo algunas palabras que no alcanzamos a oír (sobre todo porque Chi-son estaba como rezando en chino y hacía mucho ruido) y luego le dio dinero. Bastantes monedas, por lo menos lo que yo hubiera juntado en medio año de premio por hacer mi cama todos los días y por sacar algunos dieces en la boleta de calificaciones.

Nosotros nos quedamos petrificados. A mí esa palabra me encanta porque es amiga de mi nombre. Petrificados quiere decir que nos quedamos como si estuviéramos hechos de piedra, igual que lo que significa Pedro.

Chi-son me dijo, después de cien mil explicaciones salpicadas de chino y veinte mil gestos, que pensaba que era como un pago por hacer algún trabajo para la banda. Y en eso estábamos, cuando llegó la Extraterrestre.

A esa sí que nunca la había visto antes en el barrio, pero puede ser que ya estuviera antes que yo, porque mi familia en realidad tenía pocas semanas en el rumbo.

Lo chistoso es cómo podemos pensar lo mismo Chi-son y yo al mismo tiempo. Cuando la vimos acercarse al portón del edificio y tocar el segundo timbre de la izquierda, luego luego nos dimos cuenta de que era parte de la banda. No porque seamos genios, sino porque, la verdad, era bastante obvio. Pero lo más extraño, es que yo inmediatamente pensé que se parecía demasiado a un personajillo de una película muy famosa sobre un extraterrestre que se queda en la Tierra y que quiere volver a casa. Y Chi-son, por supuesto, no se supo la palabra, pero señaló hacia el cielo e imitó a un platillo volador, como dando a entender que venía del espacio, como de otra galaxia fuera de nuestro sistema solar porque los marcianos son por lo general verdes y ella (porque era

una extraterrestre mujer) tenía color de humano.

La voy a describir: tenía la cabeza muy grande. Dicen que en algunas partes de México la gente tiene la cabeza más grande de lo normal, a lo mejor en la región donde estaban los olmecas, porque yo vi un día un documental de las cabezas gigantes que desenterraron. Pues aunque estaba flaca, la Extraterrestre tenía la cabeza grande y abultada, el cabello muy amarillo (demasiado para ser de verdad) y lo más impresionante: unos ojotes grandísimos de color azul casi transparente.

Quiero aclarar una cosa: yo sí creo en los extraterrestres. No porque crea en los que inventan en las películas que generalmente son bien malos y quieren apoderarse de nuestro planeta. Yo pienso que no es posible que seamos los únicos habitantes del universo porque sería como si una hormiguita tuviera un edificio completo de cien pisos para ella sola.

Una vez me puse a pensar que a lo mejor nosotros ni siquiera somos lo que pensamos. Por ejemplo, ¿qué tal que cada uno de nosotros, los humanos, es sólo una célula y que la Tierra entera es sólo un órgano (como el corazón o el hígado o el páncreas) de otro ser gigante que a lo mejor ni se parece a nosotros? Si fuera así, esos seres gigantes (formados por células en forma de humano) tendrían otros sistemas solares y otras galaxias, y a lo mejor hasta estarían pensando que hay otro tipo de seres diferentes a ellos. Pero tal vez eso ya es mucha imaginación.

El caso es que ahí estábamos, espiando, mientras la primera extraterrestre que me da miedo ya había entrado con los demás de la banda.

A mí ya me estaban dando ganas de regresarme a mi casa, como que me dio urgencia de terminar la tarea o barrer mi cuarto, aunque yo sabía que era por puritos nervios porque, la verdad, nunca he querido ser el matadito del salón o el perfecto amo de casa.

Como Chi-son ya no tenía intenciones de irse y se estaba asomando otra vez por la ventana, tuve que aguantarme la prisa por irme a casa y miré yo también.

La Mancha Roja estaba vertiendo el líquido de la olla en una botella verde (como las de vino) y don Pacho la cerró con un tapón. Se la entregaron a la Bruja y ella salió de escena. O sea que ya no la veíamos a través de la ventana. Cuando nos dimos cuenta, ya estaba en la puerta del edificio, muy feliz con su botella de pócima mágica bajo el brazo y caminando en dirección a la casa chueca.

Entonces, Chi-son y yo nos dividimos. Él se quedaría esperando a ver qué hacían los demás y yo tendría que ir tras la Bruja. La verdad, yo hubiera preferido la misión de mi amigo, pero pensé que no era justo que con tan poquito tiempo en el país, Chi-son tuviera que echarse el trabajo más peligroso. Dice mi papá que con los extranjeros hay que ser amables porque cuando te toca a ti ser el extranjero en otro país, también quieres que te traten bien. Eso se llama ser hospitalario. Así que, como me tocó hacer de hospitalario, Chi-son se quedó espiando por la ventana y yo me puse a seguir a la Bruja.

VII

Tortura escolar

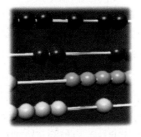

Voy a confesar algo. Como ya estaba anocheciendo cuando llegó la Bruja al parque, nomás comprobé que entraba en la casa chueca y me fui derechito a mi casa. Antes no lo habría confesado jamás, porque hubiera sido como aceptar que fui un gallina, pero ahora tengo que hacerlo. ¿Por qué? Porque si me hubiera quedado un ratito más, si hubiera espiado por la reja, si me hubiera atrevido a entrar en la casa chueca para ver el bulto, si hubiera esto o si hubiera lo otro, quizá las cosas habrían sido de otro modo y no se habría armado el escándalo que se armó. Pero los *hubieras* no existen, dice mi papá. Así que ahora cuento la verdad: ya no la seguí y volví a casa.

Chi-son, en cambio, se portó como el más valiente de todos los niños que yo haya conocido hasta ahora. Él sí se quedó en su puesto de espionaje durante horas. Al menos eso fue lo que me platicó.

Yo tuve que esperarme hasta el día siguiente para saber si había investigado algo más.

Durante las seis horas de escuela tuve que aguantarme la curiosidad. Dice la maestra Dolores que me la paso como lombriz en comal caliente. Ésa es su expresión favorita. Yo me imagino que quiere decir que estamos muy inquietos, porque las lombrices deben moverse mucho si se están quemando. Eso es lógico, porque así es la naturaleza. La primera vez que la oí decirlo me dieron ganas de hacer el experimento, pero me arrepentí porque hubiera sido cruel con los pobres animales que no pueden defenderse.

Y no es que no me guste la escuela, pero, por pura casualidad, ese día todo lo que vimos en clase tenía que ver con mi trabajo de detective. Por ejemplo, en matemáticas, la maestra Dolores se la pasó hablando de la historia de los números y nos llevó un aparatito llamado ábaco que los chinos inventaron para hacer sumas y

restas. Yo pensé en Chi-son y me puse nervioso porque, ¿qué tal si ya no lo encontraba con su tío y estaba prisionero y yo ahí tan tranquilo jugando con el ábaco? Luego, en geografía vimos algo acerca del espacio, del universo y de las posibilidades de vida en otros planetas. Por más que quise concentrarme, los ojos azul transparente de la Extraterrestre se atravesaban en mi pensamiento, y la maestra Dolores me dejó hacer un trabajo de investigación sobre los ríos de mi ciudad, como castigo por no poner atención. Aunque creo que estará fácil porque no creo que queden muchos ríos, a no ser que sean de coches en el periférico. Y, para colmo, nos tocó laboratorio de biología y vimos las propiedades medicinales de algunas plantas y los daños que pueden causar al organismo algunos elementos que se encuentran en la naturaleza, si no se sabe usarlos bien. Hasta me imaginé a la maestra Maru, la del laboratorio, como si fuera una bruja, mezclando pócimas y rellenando botellas verdes con venenos para queso.

Total, la escuela fue una tortura. Cuando volví a casa, encontré en la puerta a Chi-son. Estaba más pálido que nunca, sin perder el tono amarillento.

Traía en la mano un papel todo arrugado: era la lista que habíamos visto por la ventana de la casa de la Mancha Roja. Y sí, era una lista de nombres, casi todos tachados.

VIII
La lista de los siete

Esa tarde Chi-son me platicó cómo le había hecho para conseguir la lista. Como en la esquina del edificio donde vive la Mancha Roja hay una tienda de autoservicio, de esas muy pequeñas que venden refrescos, pañales, pan, latas y puras cosas de emergencia, se le ocurrió pedir una bolsa (de las que traen impreso el nombre de la tienda) y tocó el segundo timbre de la fila izquierda.

Pensó que si se hacía pasar como mensajero de la tienda, de los que hacen entregas a domicilio, a lo mejor lo dejaban pasar. A mí nunca se me hubiera ocurrido y, si acaso lo hubiera llegado a pensar, me habría inventado setecientas veintidós excusas y justificaciones para no hacerlo, porque eso de ir a meterse en la boca del lobo es no sólo arriesgado sino una tontería enorme.

Pero Chi-son como que todavía no entiende mucho de la vida, o más bien, de la vida en esta ciudad. Yo creo que porque, según me ha contado, él vivía en un pueblo donde siembran arroz y tiene menos de doscientos habitantes. También pasa en México, que en los lugares pequeños como que la gente es más buena o se hace. O a lo mejor, no ven tanto la televisión y no se imaginan las cosas que están pasando en el mundo, como las guerras que dividen a los países, o los asaltos a los bancos, o todo lo que pasan en los noticieros. Yo los veo porque mis papás tienen como vicio ver sólo las noticias. Yo creo que está bien, porque hay que estar informado, pero me parece que también podrían pasar cosas más interesantes y que no fueran tan violentas, porque puede ser noticia algo de avances de la ciencia (como las investigaciones que están haciendo para curar el sida o el cáncer) y no solamente los fraudes y las guerras. Yo por eso prefiero los documentales, especialmente los de animales (sobre todo los de reptiles) porque nos parecemos en muchas cosas y a mí me ayudan a entender cómo funcionamos los humanos.

Bueno, pues Chi-son o está loco o, de plano, no lo pensó. Tocó el timbre y pasó hasta la puerta del departamento.

Le tocó mucha suerte porque en ese momento ya se estaban despidiendo don Pacho y la Extraterrestre, y la Mancha Roja lo dejó parado en la puerta mientras iba a despedirlos. No la pensó dos veces: entró rapidísimo y cogió la lista que estaba en la mesa.

Claro que la Mancha Roja lo pescó adentro de su casa y le empezó a gritar muy fuerte, que por qué entraba a su casa, que qué quería.

Dice Chi-son que las manchas de la cara se le hacían cada vez más rojas conforme iba gritando. Chi-son le enseñaba la bolsa de la tienda y, como estaba nervioso, le decía puras palabras en chino.

La Mancha Roja como que entendió que era un mensajero de la tienda y hasta se tranquilizó. Lo jaló del brazo, lo llevó hasta la calle y le dijo que ella nunca había pedido un mandado. Y luego dijo algo así como: "Estos zonzos…".

Chi-son volvió a su casa. Ya ni pensar en andar buscando a la Extraterrestre y toda la banda. Guardó bien la lista y él también tuvo que sufrir horas hasta volver a vernos.

Había que tener tranquilidad. Así que esa tarde, Chi-son y yo decidimos actuar como detectives sobre las pistas. Ninguno de los nombres de la lista nos sonaba conocido. De hecho, eran puros nombres y apellidos bastante comunes: que López, González y Álvarez. En total eran siete (número de mala suerte) y sólo uno no estaba tachado: Juvencio Martínez.

Hicimos, como dice mi papá, un ejercicio de pensamiento:

1) Era obvio que se trataba de una banda integrada por un envenenador, una bruja, una extraterrestre, un señor medio raro que andaba de mensajero del mal y una jefa o la que hacía de jefa, que era la Mancha Roja.

2) Era obvio que estaban escondiendo algo o a alguien en la casa chueca, porque iban y venían.

3) Era obvio que estaban haciendo algo con la gente de la lista. No pudimos decidir si los eliminaban con el veneno porque eran personas que habían descubierto lo que andaban haciendo en el barrio, si los dormían con sus pócimas para transportarlos a otro planeta con la Extraterrestre, o si las pócimas servían para controlar sus mentes y formar una especie de ejército

que los ayudara con sus planes (que no sabíamos cuáles eran).

4) Quedaba sólo un nombre en la lista. Teníamos que salvar al tal Juvencio, aunque no supiéramos exactamente de qué, ni cómo, porque el asunto estaba en chino (con todo respeto para Chi-son).

Quizá teníamos que conseguir más pruebas para ir con la policía y muchas más pruebas para que mis papás y el tío Juang nos creyeran.

Decidimos echar una espiadita más.

Muy cerca de casa, a sólo una cuadra, los vimos a todos saliendo muy campantes de uno de los cafés de chinos. El Hombre Negro se acercó al grupo y nosotros fuimos detrás de él.

Alcanzamos a escuchar cuando les dijo: "Encontré a Juvencio".

IX
Los policías valientes

A Chi-son y a mí nos entró la prisa. Ya no podíamos estar maquinando planes y estrategias, sobre todo si Juvencio se encontraba en algún tipo de peligro, aunque no lo conociéramos.

Lo único que se nos ocurrió fue ir con la policía. Como habíamos visto a uno vestido de azul fuera de la oficina de correos, Chi-son y yo no lo pensamos dos veces. Cuando llegamos, estaba echándose una torta recargado en la pared.

Ya que se decidió a hacernos caso (o sea, cuando se metió el último bocado de torta, que le dejó un pedazo de milanesa en el labio) le explicamos el asunto como pudimos, aunque conforme íbamos hablando, nos dábamos cuenta de que todo lo que decíamos sonaba a invenciones de niños imaginativos.

—¿Es una banda de extraterrestres? —nos preguntó con una sonrisa que a mí no me gustó para nada.

—Una sola extraterrestre —le contestó Chi-son queriendo ser muy preciso.

—¡Ah! ¿Y la bruja de las pócimas sí es humana? —preguntó.

—Sí, pero debe tener por lo menos trescientos años —contesté, aunque luego me puse a pensar que para qué había que aclararle tanto.

—¿Y también hay un envenenador... de gatos? —siguió preguntando.

Ya para entonces, yo me había arrepentido de incluir lo de la muerte del gato, porque seguro él tampoco creería que un animal de ésos podía haber comido queso.

Y así nos tuvo. A pura pregunta. Chi-son y yo nos dimos cuenta de que no nos creía nada, pero nos aguantamos porque nos hubiéramos conformado con que fuera con nosotros a la casa chueca y evitara... lo que tenía que evitar.

Con la última pregunta (¿sospechan ustedes de una organización terrorista internacional?), Chi-son y yo nos dimos cuenta de que se estaba burlando de nosotros, especialmente porque se le escapó una carcajada tan exagerada que hasta a la señorita de la oficina de correos se le corrió el barniz con el que se estaba pintando las uñas. Yo, la verdad, no entiendo por qué a los adultos hay que convencerlos de todo. A mí, mis papás me preguntan hasta tres veces lo mismo, como dándome oportunidad para que reflexione y me arrepienta de mis mentiras, cuando estoy diciendo la verdad. Por ejemplo, llego de la escuela y mi mamá me dice: "¿Tienes tarea?". Si le digo que no, aunque sea cierto, me vuelve a preguntar lo mismo: "¿Hoy no te dejaron nada de tarea?". Vuelvo a decir que no. "¿Nada?", insiste, haciéndose la sorprendida. Y así nos podemos seguir. No sé si sea por desconfianza o porque a los adultos les encanta preguntar como para hacer plática.

Ya nos íbamos, entre enojados y desesperados, cuando el *poli* nos salió con que:

—Yo soy sólo un guardia, y no me puedo meter en asuntos criminales —nos dijo. Y se lanzó como rayo al puesto que tienen los de la vecindad para comprarse, supongo, otra torta. A lo mejor le da mucha hambre estar parado ahí, vigilando.

Mientras caminábamos hacia la casa chueca, nos encontramos a otro policía azul (o sea, vestido con uniforme azul; no que él fuera de ese color) afuera del banco.

La misma historia. Al final de todo el numerito, salió con que:

—Yo soy policía bancario y sólo cuido bancos, no fantasmas —nos dijo.

Ya mejor ni le quisimos explicar que no había fantasmas, sino brujas y extraterrestres, ¿pero para qué perder tiempo en explicaciones?

En la esquina del semáforo, había un policía café (éste sí era café de color, pero también de uniforme). Ya no los voy a aburrir con la misma historia. Nos hizo repetir lo mismo, nos hizo más preguntas babosas y terminó con:

—Yo soy policía de tránsito y mi único deber es cuidar la circulación y que no haya accidentes.

O sea, tres policías y a ninguno le tocaba atender asuntos criminales. Supongo que eso es lo que mi papá llama burocracia. Aquí en esta ciudad hay oficinas para todo, pero definitivamente no sirven para lo mismo: en una te ponen un sello; en la otra, te sacan una copia; en la otra te revisan que todo esté bien, y así, hasta que te

cansas y terminas dejando todo para mañana. O sea, para otro día que puede ser para nunca. Y así también hay policías para todo: para cuidar oficinas, para vigilar bancos, o para controlar el tráfico. Seguramente debe haber algunos que tengan como misión ir tras los malos, pero no sé de qué color están vestidos.

Si con la policía no contábamos, tendríamos que enfrentarnos solos a los criminales. Pero, otra vez, estaba en chino: dos niños (aunque fuertes y valientes) contra toda una banda. Necesitaríamos ayuda de adultos, pero estaba difícil que nos creyeran (por lo mismo que ya he platicado). No difícil sino tardado. Y es que no teníamos tiempo para andar con pruebas y explicaciones.

Entonces hicimos un plan. Y todos los niños que vivían en la cuadra tendrían que ayudarnos.

X
Los quince papelitos

Juntar a todos los niños fue fácil. Para esto, María y Ana, mis hermanas, nos ayudaron muchísimo. Y es que como las mujeres son más amistosas o siempre se andan fijando en quién vive dónde y cosas por el estilo, en media hora ya tenían a todos los niños reunidos en la construcción de enfrente de mi casa. Habíamos decidido que ése sería el centro de operaciones. Éramos como quince, porque mis hermanas conocían a niñas que vivían hasta a tres cuadras de distancia, así que también las incluimos en el plan.

Aunque nos costó un poco de trabajo no hacernos tantas bolas, les explicamos el caso en diez minutos. ¡Qué diferencia hay entre los niños y los adultos! Nadie se carcajeó ni se burló de nosotros. Yo creo que es porque los niños tienen como más espíritu de aventura y porque no están tan contagiados de aburrimiento. O quién sabe por qué, pero el caso es que armamos un plan: necesitábamos a los adultos, pero como son difíciles de convencer, había que hacerlos llegar a donde queríamos, o sea, a la casa chueca.

Les voy a explicar el plan. Hicimos quince papelitos iguales, que decían: "Si quiere ver a su hijo, venga al parque del David a las ocho de la noche en punto. Lo encontrará en la casa chueca". Aclaro que:

1) Algunos papelitos decían hija en lugar de hijo. Eran más niñas que niños. Supongo que en el barrio pasa lo mismo que en el país, porque hace poco salió un estudio que decía que hay más mujeres que hombres. O sea, nada de sexo débil, si siempre andan en montón.

2) Pusimos las ocho de la noche, porque es cuando la mayoría de los adultos ya están de vuelta del trabajo. También porque estábamos seguros de que a esa hora habría alguien de la banda en la casa chueca: a esa hora había visto a la Bruja llegar con la botella verde, y más o menos a esa hora había estado ahí el Hombre Negro.

3) Y no pusimos tonterías como "si quiere volver a ver vivo a su hijo" y cosas por el estilo, porque tampoco queríamos que pareciera un secuestro. Eso sería muy grave y a lo mejor a algún adulto le podía dar una crisis nerviosa o hasta un infarto. Yo supe del abuelo de un amigo, al que le dio un ataque al corazón cuando se enteró de que se había sacado la lotería y estuvo enfermo mucho tiempo, sin poder disfrutar de sus millones.

4) Pusimos "casa chueca" porque resulta que ninguno se sabía la dirección y ya no teníamos tiempo de andar de exactos. De cualquier forma, en ese parque hay sólo una casa que está totalmente inclinada, así que estábamos seguros de que los adultos serían lo suficientemente listos como para darse cuenta de dónde estábamos.

5) No sabíamos exactamente qué íbamos a hacer. La idea era llegar todos juntos, justo tres minutos antes de las ocho, entrar en la casa chueca y hacer escándalo para atraer a los vecinos y dar tiempo a que los adultos llegaran.

Cada uno se fue a su casa, se vistió para la acción y dejó su papelito como si alguien lo hubiera deslizado por debajo de la puerta.

Cuando faltaban diez minutos para que fueran las ocho en punto, nos reunimos donde está el David. Yo estoy completamente seguro de que todos teníamos miedo, pero como que cuando estás acompañado, te sientes protegido. Por ejemplo, a cualquiera le da nervios pasar por un callejón oscuro y a lo mejor hasta se cambia de acera aunque tenga que caminar más. Pero cuando va con uno más o con varios, como que el miedo se divide en partes y ya nomás le toca un cachito de miedo. El miedo se convierte en miedito y hasta en miedititо. Eso me gusta de los humanos. Supongo que es lo que dicen de ser solidarios, pero no estoy muy seguro.

El caso es que nos fuimos sentando a los pies del David hasta que se reunió toda la tropa. Nadie dijo nada de rajarse o echarse para atrás. Estábamos listos para entrar en acción.

XI
Misión imposible

A las tres para las ocho en punto atravesamos la grieta. Podríamos haber entrado por la reja, porque sabíamos que no tenía candado, pero teníamos que hacer todo como en las películas de acción. Algunos niños se habían vestido de negro, como esos de las misiones imposibles. Chi-son hasta llevaba una linterna. China, por supuesto. Lo sé porque me la enseñó muy orgulloso, con su letrerito grabado que dice: "made in China", como casi todo en este mundo.

Nos acercamos a la ventana, caminando muy despacio y procurando no hacer ruido. Había luz dentro.

Chi-son y yo, que éramos los jefes, nos asomamos con mucho cuidado. Yo nunca había sido jefe de nada; ni del equipo de futbol, ni de los trabajos escolares cuando teníamos que trabajar en grupo, ni siquiera de mi casa, porque ese lugar siempre lo ocupan los papás, por alguna razón hasta ahora desconocida. A lo mejor habría que turnarse, como los presidentes. Sería muy divertido hacer elecciones, con votos de papel y urnas transparentes, y hasta campañas políticas. Pero sólo es una idea.

Chi-son estaba muy entusiasmado. De la cara asustada que le había conocido la primera vez que lo vi fuera del baño del restaurante del tío Juang, no quedaba nada. Yo tampoco estaba asustado. Bueno, no estaba muy asustado porque sabía que cerca de nosotros estaba toda una pandilla y porque los papás seguro vendrían... al menos uno que otro.

A través de la ventana pudimos ver el bulto color mugre. Como la habitación estaba alumbrada, lo vimos casi a la perfección: sobre una especie de cama, más bien como un catre, estaba acostada una señora bastante gordis. Tenía el cabello gris todo enmarañado y dizque recogido en un chonguito, y una de las piernas se le veía bastante inflamada, medio morada, como si se hubiera dado un guamazo de

santo y señor mío (así dice mi tía Marina, la que vive en Colima). Pero no se movía ni un solo centímetro. Es más, ni un milímetro, ni siquiera como para respirar. ¿Sería el bulto lo que imaginábamos? ¿O estaríamos a tiempo para salvarla?

Les hicimos una seña a los demás para que se acercaran. Llegaron uno por uno, todos ensayando su mejor estilo de caminado secreto.

Y entonces los vimos, platicando y riendo en un cuarto que estaba más al fondo. La Mancha Roja tenía una botella verde en la mano; la Bruja y don Pacho tenían unos trapos en las manos; la Extraterrestre ojona se paseaba de un lado a otro, y podíamos ver los pies inconfundibles del Hombre Negro, aunque no su cuerpo porque nos tapaba el marco de la puerta.

Estábamos seguros: iban a hacerle algo al bulto color mugre porque se enfilaron hacia el cuarto en donde estaba tendido.

No podíamos esperar más: entramos en acción, todos en sus puestos y perfectamente sincronizados, como lo habíamos planeado.

La mitad entró al cuarto por la ventana y la otra mitad de la pandilla empujó la puerta (no tuvieron que dar patadas voladoras porque ni chapa tenía) y en exactamente veinte segundos, el cuarto se llenó de niños.

Y justo cuando íbamos a empezar a gritar para armar alboroto, entró al cuarto un personaje al que nunca habíamos visto: un señor alto y muy delgado, casi puros huesos, todo vestido de blanco.

XII
La reunión

La mente es lo más rápido que existe sobre la Tierra. Más que el guepardo, el animal más veloz del mundo, según dicen las enciclopedias.

De eso me convencí en ese preciso momento y hasta me dio tiempo de pensarlo, por eso digo que la mente es rapidísima. Yo creo que no había pasado ni medio segundo (a lo mejor exagero) cuando yo ya me había inventado veinte mil historias sobre el Hombre Blanco: que era el cirujano que operaría al bulto para convertirlo en zombi, que era el jefe extraterrestre convertido en humano para conducir al nuevo ser a su planeta como muestra de zoológico, que era un jefe brujo descendiente de alguna tribu famosa o un experto envenenador... Como mil historias. Todas pasaron por mi mente, pero tampoco me dio tiempo para decidirme por alguna.

Y como ese sujeto no era parte de nuestro plan original, nos quedamos mudos un buen rato. Digo sujeto porque yo he visto que así le dicen a los sospechosos en los noticieros.

Pero Chi-son no se iba a dejar así tan fácil, después de todo el trabajo que nos había costado la investigación, así que comenzó a gritar palabras que solamente él entendía porque estaban en chino. Ahora que lo conozco más, yo sé que Chi-son se olvida del español cuando se pone nervioso o se enoja. Supongo que a mí me pasaría lo mismo si estuviera en otro país, porque el idioma personal no lo tienes que pensar, no tienes que andar viendo si es correcto gramaticalmente, si la estructura y si la sintaxis y todas esas cosas que te enseñan en la clase de español.

Pues ahora los paralizados fueron ellos. Parecía más bien que en lugar de estar viendo a quince simples niños, los de la banda estuvieran mirando a un grupo de extraterrestres un poquito reducidos en tamaño.

Y aprovechando la confusión, me regresó el valor al cuerpo y yo también empecé a gritar:

—Dejen al bulto, no se atrevan a hacerle nada. Alto, alto en nombre de la ley —dije. Y aquí sí que me sentí ridículo porque, ¿a quién se le ocurre gritar justo la frase favorita de uno de los criminales? Chi-son se me quedó viendo como maestro reprobando mentalmente a un alumno.

—¿Qué hacen aquí? —dijeron dos voces. Todos miramos hacia delante y luego hacia atrás. De veras, como en las caricaturas. Y es que una de las voces, más sorprendida que enojada, era la de la Mancha Roja. Y la otra, que estaba más bien enojada que sorprendida, era la voz de mi papá. Parecía que se habían puesto de acuerdo para ensayar un coro.

Detrás de mis papás y el tío Juang entraron un montón de señores y señoras que, supuse, eran los padres de los niños de la pandilla.

Como nadie decía nada, me sentí con la obligación de contestar:

—Venimos a salvar al bul... a la señora del catre —dije—. Y a impedir que le hagan algo a Juvencio, porque sabemos que está en peligro.

—Cuál Juvencio ni que ocho cuartos —dijo mi papá, como siempre dice cuando tiene que hacer tiempo porque no está muy seguro o cuando quiere dar por terminado algún asunto.

Yo siempre me he preguntado por qué se dice ocho cuartos y no cuatro sextos, por ejemplo. A lo mejor es la fracción favorita de quien haya inventado esas operaciones que son las culpables de los cincos en las libretas de calificaciones de todos los de mi salón.

Ninguno de los de la banda hablaba. Sólo se nos quedaban mirando extrañados y hasta divertidos. «¡Qué cinismo!», pensé en ese momento, como dice mi mamá cuando algo le parece el colmo de los colmos.

Yo, la verdad, sentía como quinientos pares de ojos por pecho y espalda. Así que no pude más y lo solté todo, a lo mejor no muy ordenadamente, pero dicen los demás de la pandilla que podría ser orador o político porque el relato se entendió a la primera.

Les voy a explicar cómo reaccionó cada uno de los sospechosos.

La Extraterrestre se puso roja de coraje, pero no dijo nada. Hasta entonces, yo estaba seguro de que tenía un circuito que le permitía comprender nuestro idioma, pero no estaba capacitada para hablar, o a lo mejor no tenía autorización, que es peor.

La Mancha Roja soltó una carcajada. A mí me sonó como más propia de la Bruja. En cambio la Bruja se quedó viéndonos como con una sonrisita de esa que hacen los adultos mientras murmuran "paciencia, paciencia".

Don Pacho se puso a reír y nos ofreció uno de sus quesos, y el Hombre Negro nos pidió una moneda, imitando mi voz, como yo lo había imitado a él (y también se puso a reír).

Lo que no nos esperábamos, ocurrió. Del catre surgió un gruñido no tan aterrador. Los que estábamos más cerca pudimos ver la cara del bulto color mugre, sonriendo como a fuerzas, como si le costara un trabajo enorme. Todavía entonces pensé que, al menos, habíamos llegado a tiempo para salvarla. Pero ahí sí tuve que interrumpir lo que estaba planeando porque los papás se enfurecieron, todos al mismo tiempo. No se enojaron. Se enfurecieron, y ya cuando iban a empezar quizás hasta a jalarnos de las orejas, habló el Hombre Blanco:

—Buenas noches —dijo, como si fuera a dar una conferencia—. Yo soy Juvencio y me dedico a salvar vidas, no a quitarlas, ni transformarlas, ni a chuparles la sangre a las personas, ni a envenenarlas.

Y sonrió, como si hubiera dicho el mejor de sus chistes.

XIII
Barrio nuevo, barrio viejo

—Ven, pequeñito —me dijo la Bruja, con esa vocecita que hacen algunas señoras sin saber cómo le puede fastidiar a un niño de diez años, ya casi casi un adolescente, que lo llamen como si estuvieran hablándole a un mocosillo de tres años o menos.

A mí de mi lugar no me movía ni una grúa de esas que se llevan los coches mal estacionados. Así que no cambié de postura ni un milímetro.

—¿Quiénes son ustedes? —dijo la mamá de una de las niñas de la pandilla.

Ella sí tenía cara de creernos, a lo mejor porque, luego supe, también tenía poco de haberse mudado al barrio y quizás estaba bajo el efecto de "barrio nuevo, el peligro acecha", el mismo que me dio a mí cuando llegué.

Juvencio empezó de inmediato a dar las explicaciones.

—Un grupo de amigos de toda la vida —dijo sin más.

Y se calló, como para crear un ambiente de suspenso, como cuando se termina una serie de televisión justo en lo más emocionante para que te quedes bien picado, la veas la semana siguiente y a ti te da un coraje terrible cuando en la pantalla de repente aparecen las letras que forman la palabra "continuará".

—¿Pero qué hacen aquí? ¿La señora está bien? —preguntó mi papá, señalando hacia el catre.

Yo, hasta ese momento, pensé que muy en el fondo, mi papá había creído parte de nuestra historia, pero estaba siendo diplomático, como les dicen a los que no echan pleito luego luego, sino que tratan de arreglar las cosas muy educadamente.

—Remigia está malita —dijo el Hombre Negro.

Y hasta habló como si de veras quisiera mucho a la señora del catre.

Después la Mancha Roja se adueñó de la palabra. Digo que se adueñó porque ya no dejó hablar a nadie durante un largo rato. Me imagino que en las reuniones de señoras ha de ser de las típicas que de todo opinan, que todo lo saben, que de todo dan consejos, mientras las demás seguramente la escuchan superagradecidas o superaburridas.

Pero como no voy a poner exactamente todas las palabras que dijo porque tendría que hacer un libro de varios tomos, pues ahí les va el resumen:

Hace muchísimos años (con eso de que les choca que les calculen la edad, los adultos nunca dan fechas exactas) había un grupo de niños que se reunía todas las tardes en el parque del David. Aunque, aclaro, en ese entonces todavía no había estatua y todos le llamaban el parque de las brujas (por lo de la casa que ya les platiqué).

Eran siete los niños que crecieron en el barrio y vivieron toda la vida ahí. Iban a la misma escuela (entonces no había tantas, ni tampoco tantos niños), jugaban en las tardes y hasta sus familias se convirtieron en grandes amigas.

Pero cuando crecieron, tuvieron que separarse porque así lo marca el destino (esta última frase no es mía, así lo dijo ella, como si estuviera parada en el escenario de un teatro). La mayoría de ellos salió del barrio, se casó, tuvo hijos y algunos hasta vivieron fuera de la ciudad durante algunos años.

—Pero algo tiene el barrio que todos fuimos volviendo poco a poco y, ya grandes, volvimos a encontrarnos, como en los viejos tiempos —dijo el Hombre Blanco y volteó a ver a los demás de la banda. Todos sonrieron y movieron la cabeza como diciendo "sí".

En ese momento, me di cuenta de que a lo mejor no eran tan sospechosos.

El Hombre Blanco siguió platicando la historia de cada uno. Se tardó horas en explicar cada vida y ahí nosotros, de público asistente, nos quedamos callados como tumbas (así dice mi abuela y a mí siempre me ha parecido una expresión un poco siniestra). La verdad, es muy bueno para platicar. Pero mejor les doy el resumen, porque no me acuerdo de las palabras exactas:

La Mancha Roja en realidad se llama Clotilde (le dicen la Cloti, yo creo que para disfrazar un nombre que, al menos a mí, siempre me ha parecido medio espantoso. O espantoso y medio). Ella no se

casó, pero fue una química bastante famosa. En esos tiempos no se usaba tanto que las mujeres estudiaran hasta la universidad, pero a ella le encantaban los asuntos de laboratorio y trabajaba en una fábrica de medicinas o algo así, y se la pasaba viajando para dar conferencias en muchos lugares. El Hombre Blanco dijo que Cloti empezó a interesarse en curaciones con plantas, y hasta estuvo en la India durante unos meses y también en Oaxaca durante varios años. Luego se retiró porque ya estaba muy cansada y volvió al barrio.

La Extraterrestre, que ya para entonces vi como humana, no era mexicana. Bueno, ya para ese entonces sí era mexicana. Lo que pasa es que nació en Dinamarca, donde dicen que son muy güeros y desabridos, y llegó a México porque a su papá le habían dado un puesto en la embajada de su país en el nuestro. Las embajadas son como pedacitos de un país en otros y sirven para que los gobiernos platiquen y hagan negocios o expliquen la cultura de cada uno. Algo así como para que los países se entiendan. Total que la familia de Pia (que así se llamaba la Extraterrestre) se enamoró de México y decidió quedarse para siempre. El papá puso una fabriquita de tornillos o rondanas o algo así de fierros, y Pia se naturalizó mexicana. Eso quiere decir que se volvió mexicana porque quiso. Pia se casó con un señor chileno (o sea, de Chile) y vive muy feliz con sus tres hijos, que ya están grandes, a tres cuadras de mi casa. Yo investigué después, y hasta conocí su casa, que tiene muchas flores en los balcones.

Engracia Santos de la Vara (alias la Bruja) se dedicó al teatro, tuvo varios maridos y fue de las primeras actrices del cine mexicano, aunque no con ese nombre. Yo creo que con ese nombrecito no hubiera filmado ni una película. Escogió un nombre artístico, así que nadie la conoce por el verdadero. Dice Juvencio (alias el Hombre Blanco) que tenía muchos admiradores y que la llamaron varias veces de Hollywood (esa ciudad de Estados Unidos donde hacen casi todas las películas), pero que ella no quiso ir nunca. Alguien de los papás dijo que la recordaba, se emocionó mucho y hasta fue a pedirle un autógrafo.

Don Pacho fue más bien flojo para los estudios y trabajó en todo lo que se puedan imaginar: fue velador, mesero, chofer, cantinero, bolero, albañil, comerciante (de quesos), vendedor de discos y hasta guardaespaldas. Como siempre está de buen humor y es muy platicador, no tenía problemas para encontrar otro trabajo cuando se aburría de alguno. Y se casó con una tampiqueña (como la carne. Ahora sé que así se llama la carne asada, porque ese platillo lo inventaron en Tampico, una ciudad que está en el norte del país). Cuando se cansó de esta ciudad, se volvió pescador en Tampico y vivió en una cabaña que estaba en la playa, y que tenía hamacas para dormir y todo. Esto sí fue algo que me dio como envidia, porque yo siempre me he imaginado que vivir cerca del mar, comiendo de lo que se obtiene de él, y dormir oyendo sus olas, ha de ser una vida de aventuras. A lo mejor es porque en las películas siempre ponen las escenas más bonitas junto al mar. La mujer de don Pacho murió y como sus ocho hijos ya estaban bastante grandecitos, decidió volver al barrio. Su hijo mayor es ganadero, tiene vacas, hace quesos y se los manda a don Pacho. Los más vendidos son unos que llama prensados, pero el segundo lugar lo ocupa el queso Oaxaca que, aprendí, así se llama porque está tejido como en bola, lo hagan donde lo hagan.

El Hombre Negro, que en realidad se llama Adolfo, se casó con el bulto color mugre, que ya sabíamos que era Remigia. Fue un hombre de negocios muy exitoso, tenía tres papelerías y no tuvieron hijos porque Remigia se enfermaba a cada rato. Un día les fue muy mal por una devaluación del peso y se quedaron bien pobres. Yo no entiendo mucho de eso del peso, el dólar y la economía, pero sé que cuando hablan de devaluación, las cosas se ponen color de hormiga (o sea, negras, negras, aunque también hay hormigas rojas) y todo mundo se preocupa. El caso es que vivieron muchos años en una vecindad de renta congelada. Aquí sí tuvieron que darnos toda una explicación porque me imagino que como yo, todos los niños pensaron que ésa era una casa muy fría o algo así. El caso es que un lugar de renta congelada es donde todos los que rentan consiguen que lo que tienen que pagar no aumente durante muchos años, o sea que al final les sale bastante barato. Remigia estuvo muy enferma siempre, y Adolfo trabajaba en los mercados y tianguis como cargador, mensajero, ayudante o lo que fuera. Pero un día, el dueño decidió tirar el edificio donde vivían porque ya estaba muy viejo y arruinado, y todos tuvieron que irse. Fue cuando Remigia se puso más grave. Y no les quedó más remedio que volver al barrio y ocupar la casa chueca. Lo que pasa es que esa casa estaba abandonada desde el terremoto y unos señores la compraron para remodelarla. Pero nunca han conseguido el dinero para hacerlo, así que permitieron que Remigia y Adolfo vivieran ahí, y al mismo tiempo, cuidaran el lugar. Por eso, a veces Adolfo estaba tan desesperado, que se ponía a pedir monedas, para completar el gasto. Ahora sus amigos le ayudan, pero como que se le quedó la costumbre.

Juvencio también platicó su historia. Estudió medicina y se convirtió en un médico muy famoso. Yo nunca lo había oído nombrar, pero supongo que es porque tampoco conozco muchos nombres de médicos. Él trabaja en un hospital muy importante que está justo a cuatro cuadras del barrio. Cuando le dieron el puesto, él también volvió a vivir aquí.

Total, llegó un momento en que los siete amigos estaban de vuelta en el barrio. Esta colonia no es tan grande como otras, así que poco a poco se fueron encontrando. Eso a mí no me parece tan increíble, porque yo siempre me encuentro a alguien conocido, al menos conocido de vista, en cualquier parte que voy por aquí. Un día tuvieron la reunión del recuerdo (así dijo Juvencio), y desde entonces, se reúnen cada mes... ¿adivinen dónde? Obvio, en uno de los cafés de chinos. Y siguen tan amigos como siempre.

Cuando Juvencio estaba contando esto, muy emocionado, alguien del público empezó a lloriquear. Era del grupo de los papás. Yo a veces no entiendo cómo es posible que los adultos se pongan a chillar así, como si estuvieran viendo las telenovelas. Aunque tengo que confesar que todos estábamos como emocionados. Sí, Juvencio es buenísimo para contar historias.

El caso es que esa semana Remigia se puso muy grave. Sus amigos le ofrecieron sus casas para poder cuidarla, pero ella se puso terca. Dice Adolfo que Remigia es una mujer de mucho carácter (eso quiere decir que cuando se enoja, se enoja) y que prefirió quedarse en su propia cama. Juvencio andaba en China (a Chi-son le brillaron los ojos cuando escuchó esta palabra) en un congreso de médicos, así que mientras lo localizaban, se dedicaron a cuidarla entre todos.

Y resulta que la pócima de la botella verde era un compuesto inventado por la Mancha Roja (perdón, doña Cloti), para bajar la calentura y calmar los dolores. Así que se dividían el trabajo: a veces uno daba el dinero, otro compraba las hierbas, otro hacía el medicamento, y así se iban turnando para cuidarla. La lista (que yo traía en la bolsa y no me atreví a sacar) era de los turnos y por eso el nombre de Juvencio no estaba tachado: porque estaba de viaje. Además de la pócima, a Remigia también le estaban dando otras medicinas, pero ella se sentía muy bien cuando se tomaba el tecito de doña Cloti. Todos los días iban a visitarla y se pasaban horas platicando en la casa chueca, como los amigos de siempre.

Justo ese día, Adolfo había encontrado a Juvencio, quien acababa de regresar de su viaje. Y por eso todo el movimiento. Remigia se pondría bien porque no estaba tan grave.

Cuando terminó de contar su historia, todos, absolutamente todos, voltearon a vernos a Chi-son y a mí. Ya no me gustó tanto el papel de jefe de la pandilla. Es la primera vez en mi vida que me he quedado callado.

La verdad, todos los de la casa chueca son muy amables. Tienen muy buen sentido del humor, como diría mi mamá, porque otros, en su lugar, se hubieran sentido ofendidos por todo lo que dije de ellos.

Los papás ofrecieron mil disculpas, abrazaron a todos los de la banda como si fueran grandes cuates y jalaron, cada uno con sus respectivos hijos, a sus respectivas casas.

Ya cuando íbamos saliendo, se me acercó la Extraterrestre:

—¿De verdad te parezco una extraterrestre? —me preguntó muy seria.

No supe qué contestar. Pero ella sólo se sonrió. A lo mejor ya se lo habían dicho antes y no le pareció una grosería. Además, ¿quién ha dicho que los extraterrestres son feos?

XIV
Cárcel por una semana

Me encarcelaron durante una semana. O lo que es lo mismo, mi castigo fue no salir a la calle para nada, excepto para ir a la escuela (eso sí hubiera sido suerte, quedarme viendo la tele dándome la gran vida).

No estuvo tan mal, porque después del sermón de mis papás, de todas las explicaciones que me echaron sobre el respeto a los demás y el exceso de televisión, se portaron bastante bien conmigo.

Todavía a cada rato me hacen bromas que tengo que aguantar. Más me vale, porque después de lo que pasó, no me queda otro remedio. Por ejemplo, mi mamá sirve la sopa y me dice: "No es una pócima cualquiera, ¿eh? Es tu sopa de fideos favorita". Entonces mi papá dice: "Espérate, no la pruebes. La tomaré yo primero, no vaya a ser que esté envenenada". Otras veces, si se oye cualquier ruidito en la azotea, se ponen todos en posición de ataque (también las graciosas de mis hermanas) y alguno dice: "Llegaron los extraterrestres; vayamos a investigar a ver si es una conspiración interplanetaria".

Y cosas por el estilo. Pero yo sé que no se están burlando de mí. Incluso están orgullosos de haber sido los protagonistas de la historia del barrio porque resulta que se supo en todos lados y ahora hasta me miran con respeto. Como que me hice muy conocido.

Mi mamá ya no me dice "tienes mucha imaginación" con cara de fastidiada. Lo dice como con cariño. Así que valió la pena aguantar la vergüenza.

Lo mejor de todo son dos cosas:

1) Después de la semana de castigo, los papás nos organizaron a todos los niños del barrio para ir a ayudar a Adolfo y a Remigia, y les estamos dejando la casa muy bonita. No es por ser presumido, pero nos está quedando muy bien porque, entre todos, pintamos las paredes, pusimos cuadros y arreglamos un poco el

jardín, aunque ahí sí va a estar difícil porque nadie sabe nada de jardinería, excepto don Pacho, que también tuvo un trabajo de arreglar macetas en una florería.

Lo mejor de todo es que son tan buenas gentes que nos dejaron uno de los cuartos del fondo para hacer nuestra guarida. Así que tenemos reuniones de pandilla todas las semanas e inventamos miles de juegos. Cuando mis papás se enteraron, dijeron que no podíamos estar molestando, pero Remigia les dijo que al contrario, que a ella la aliviaba mucho oírnos en el jardín o que le fuéramos a platicar de vez en cuando.

De todos los de la banda (bueno, la ex banda) hemos aprendido mucho. A veces nos reunimos de noche con ellos (por ejemplo, los viernes) y nos platican lo que hicieron cuando eran niños. Así descubrimos que ellos también tuvieron sus aventuras, como perseguir a un fantasma que luego resultó ser solamente una sombra, o como cuando impidieron un asalto porque dieron aviso al policía del barrio. Yo creo que en esos años había un policía para todo, porque a la primera les hizo caso. No como a nosotros, que ahora tenemos policías superespecializados.

También nos platican una bola de historias del barrio, de cada una de las calles y de cada casa. Aquí vivieron muchas personas que luego se hicieron famosas y otras que todavía viven y que seguro van a ser famosas, sabios que conocen todo lo que se ha escrito, cocineros que ahora tienen restaurantes y se llaman chefs y todo tipo de gente. Porque si algo sé ahora es que todo mundo tiene historias interesantes qué contar. Y yo me la paso hablando con todos para que me las platiquen. A veces dice mi mamá que me paso de metiche.

Quién sabe por qué, pero me cambió la idea del barrio. Ahora me siento muy orgulloso de vivir aquí, de caminar por calles tan viejas (yo digo que no son viejas sino históricas), y ya no le tengo miedo a nada.

2) Antes me sentía muy solo y me la pasaba extrañando a mis amigos del departamento del parque. No es que ya no los quiera ver, pero ahora estoy muy contento con mi pandilla y especialmente de tener un amigo como Chi-son. Siempre andamos juntos. Por cierto, cuando salimos la primera vez de la casa chueca, Chi-son iba muy preocupado porque a lo

mejor de castigo le tocaba que lo regresaran a China. Pero el tío Juang es demasiado buena gente y aunque parece muy serio, la verdad es que después se rió mucho de todo lo que hicimos.

Total que, aparte del miedo, nos divertimos mucho y casi no tenemos tiempo para nada. Nos la pasamos investigando casos, pero ya no tan peligrosos, como el del misterio del calzón de bolitas de Aristeo. Con ése me gané otra semana de castigo, exactamente esta semana. Así que por eso estoy escribiendo ahora: encerrado justo en vacaciones, y como no tengo otra cosa que hacer, pues ya decidí que a lo mejor me convierto en escritor y mejor voy ensayando.

Pero a lo mejor luego tengo tiempo. El caso del calzón de bolitas empezó un día en que Chi-son y yo… No, mejor después se los platico.